나는 나비

이숲 청소년 02

나는 나비

김미리 글·전지영 그림

이숲

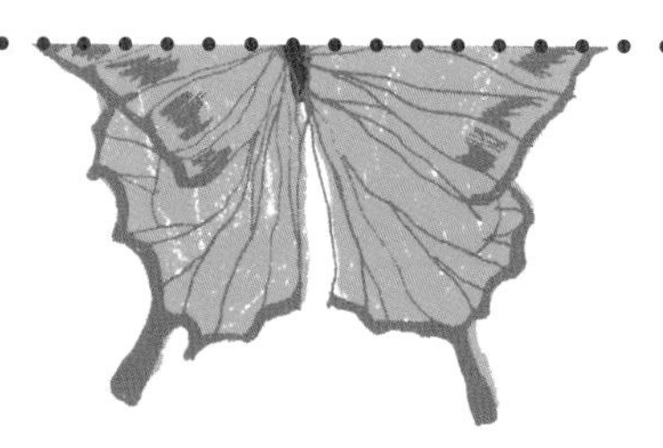

1. 첫 만남

이따금, 어떤 존재는 예고도 없이 찾아와 우리 삶에 살포시 내려앉습니다. 너무도 가볍고 연약해서 처음에는 그 존재를 의식조차 못 하지만, 그토록 무겁게만 느껴지던 삶이 공기처럼 가벼워진 것이 바로 그 존재 덕분임을 깨닫게 됩니다. 예를 들어 나비가 바로 그런 존재죠. 나비는 열린 문을 통해, 혹은 창문을 통해 마치 고마운 실수처럼 아무 예고 없이 집 안으로 들어옵니다. 우리는 그 천진난만한 날갯짓을 바라보는 순간, 고단한 삶을 짓누르던 근심도 시름도 모두 잊은 채 어린아이처럼 마음이 들떠 나비와 함께 허공을 날아다닙니다. 물론, 이런 일이 흔하지는 않죠. 그래서 더욱 이런 만남은 기적처럼 느껴집니다.

나풀나풀, 그 연약한 날개를 흔들며 날아다니는 나비를 보면 왠지 모르게 마음이 애잔해집니다. 그러나 어떤 이는 자기 인생에 무단침입한 이런 존재들을 참지 못하고 집 밖으로 쫓아 버리기도 하죠. 하지만 그들은 무슨 비결이 있는지 우리 곁을 조용히 맴돌다가 어느새 우리를 자기편이 되게 하고, 심지어 우리를 길들이기도 합니다. 그리고 마치 마술을 부리듯, 일상의 소소한 걱정거리와 쓸데없는 다툼과 부끄러운 비밀에 얽매여 살아가는 우리를 전혀 다른 사람으로 만들어 놓기도 하죠.

지금부터 제가 여러분께 들려 드릴 이야기에 등장하는 어느 할아버지에게도 그런 존재가 있었습니다. 이 할아버지의 삶을 완전히 바꿔 놓은 그 존재는 엉뚱하게도 택배로 배달되었습니다. 아, 제가 조금 과장한 것 같군요. 정확히 하자면 택배와 동시에 도착했다고 말하는 편이 옳겠군요. 열흘 후에 멋진 나비로 태어날 일곱 개의 고치가 담긴 택배 상자가 배달된 바로 그 순간에 할아버지를 찾아온 그 존재는 바로 아홉 살 난 여자아이였습니다.

그 아이는 어른의 손으로 키를 재었을 때 세 뼘도 채 되지 않을 만큼 작았습니다. 아, 제가 또 과장했군요. 정확히 말하자면 다섯 뼘 정도는 되었던 것 같습니다. 약간 곱슬곱슬하고 부스스한 머리, 눈처럼 희고 앙증맞은 얼굴, 청바지와 티셔츠를 입은 아이의 모습은 우리가 주변에서 흔히 보는 평범한 조무래기의 모습 그대로였습니다. 정확히 말하자면 학예회에서 연극을 공연할 때 공주보다는 시녀 역할이 더 어울리는 대부분 여자아이 가운데 하나였다는 거죠.

할아버지는 그 아이를 서울 변두리에 있는 자기 아파트의 층계참에서 처음 보았습니다. 고치 상자를 배달한 택배 기사가 송장에 서명을 받으려고 기다리는 동안, 할아버지는 열린 문틈으로 아파트 복도에 서 있는 그 낯선 여자아이를 보았습니다. 그때 아이의 엄마는 이삿짐센터 아저씨들을 도와 할아버지의 아파트 바로 위층으로 열심히 짐을 나르고 있었죠. 아이는 손에 자기 머리통보다 두 배는 더 큰 농구공을 들고 있었습니다.

사실, 할아버지는 그날 아무것도 예상하지 못했습니

다. 이 조막만 한 꼬마가 그때까지 조용히 흘러가던 자기 삶에 어떤 소용돌이를 일으킬지 어떻게 상상할 수 있었겠습니까? 그래서 더욱 할아버지는 그 첫 만남의 순간을 잊을 수 없습니다. 우선, 그날부터 아이는 한밤중에 농구공을 가지고 자기 방 벽에 대고 슈팅과 패스 연습을 시작했고, 할아버지는 소음 때문에 하루도 잠을 제대로 자본 적이 없었으니까요!

그러나 그 꼬맹이가 일찌감치 이 할아버지에 대한 소문을 들었다면, '잠자는 호랑이의 수염을 건드리는' 그런 맹랑한 짓은 하지 않았을지도 모릅니다. 동네에서 할아버지의 별명은 '뚝뚝이 영감'이었습니다. 별명의 어감이 썩 좋지 않은 것으로 봐서 이미 할아버지의 성격을 짐작한 분도 계시겠지만, 이 평범치 않은 할아버지는 평소에 같은 아파트 건물에 사는 이웃과 눈길이 마주치면 인사는 커녕 못 볼 꼴을 봤다는 듯이 '고양이 똥 먹은 얼굴'을 하고 총총히 지나가곤 했습니다. 아파트 건물 입구에서 조무래기들이 놀고 있으면 어김없이 고래고래 소리를 질러 쫓아 버렸죠. 할아버지는 분명히 이웃 사람들을, 아니 사람들을 싫어하는 것 같았고, 시끄럽게 떠드는 아이들은 더 더욱 싫어하는 것 같았습니다. 이 괴팍한 할아버지를 보고 이웃사람들이 '뚝뚝이 영감'이라는 별명을 지어준 것은 나름대로 충분한 이유가 있었던 셈입니다.

게다가 사람들은 할아버지에 대해 아무것도 몰랐습니다. 이름이 무엇인지, 나이가 몇 살인지, 왜 가족도 없이 혼자 사는지, 전에는 무슨 일을 했는지, 아는 사람이 아무도 없었습니다. 사람들은 그저, 늘 화가 난 듯이 잔뜩 인상을 쓰고 다니는 이 할아버지와 마주치지 않기를 바랄 뿐이었습니다. 도수 높은 안경을 끼고 백발을 휘날리며, 은퇴한 노인네가 그리 바쁠 일도 없으련만, 마치 화장실이 급한 사람처럼 언제나 우스꽝스러운 걸음새로 뛸 듯이 걸어가는 할아버지를 보면 이웃사람들은 등 뒤에서 이렇게 수군대곤 했습니다.

"저 영감탱이는 가족도 없나 봐! 명절 때에도 혼자 집에만 틀어박혀 있잖아. 명절은 고사하고, 일 년 내내 찾아오는 사람이 아무도 없어. 밖에 잘 나다니지도 않는 걸 보면, 친구도 없는 모양이야. 하긴, 저렇게 무뚝뚝하고 성질 머리가 고약하니, 누가 좋아하겠어?"

겁도 없이 아래층 할아버지의 밤잠을 설치게 한 여자 아이의 이름은 공주입니다. 네, 그렇죠. 저도 인정합니다. 서울의 도심에서 한참 떨어진 허름한 아파트에서 살면서 밑창이 떨어진 운동화를 끌고 천방지축 돌아다니는 초등학교 2학년 여자아이의 이름으로는 전혀 어울리지 않죠. 게다가 멋을 내려고 일부러 구멍을 내지 않은 것이 분명한 다 떨어진 청바지에 땟국물이 줄줄 흐르는 티셔츠를 입고, 곱슬머리에 앞니 사이가 그렇게 넓게 벌어진 공주가 세상에 어디 있겠습니까? 그래서 놀림도 참 많이 받았답니다. '거지 공주', '가짜 공주', '이름만 공주', '난쟁이 공주' 등 듣기에 몹시 언짢은 별명도 많이 생겼지요. 사실, 이 마지막 별명이 붙은 데에는 나름대로 이유가 있긴 했습니다. 공주의 키는 같은 나이 또래 아이들의 어깨에도 미치지 못했으니까요. 게다가 교실에 들어서기가 무섭게 책상에 엎드려 두 팔로 얼굴을 감싸고 잠만 잤으니, 같은 반 친구들에게서 따돌림받는 것은 어찌 보면 당연한 일이었습니다. 그리고 우리끼리니까 하는 말이지만, 학교에서는 비싼 옷을 입고, 비싼 학용품을 쓰고, 엄마가 자주 선생님을 찾아오는 아이들이 공부도 잘하고, 인기도 좋고, 선생님에게서 귀염을 받는 것은 사실이잖아요. 이런 '잘나가는 우등생들'이 볼 때 '잠자는 공주'가 무슨 존재감이 있었겠습니까? 그런 아이들이 외면하니, 꼬붕 아이들도 공주의 근처에는 얼씬도 하지 않았던 거죠.

공주는 엄마랑 단둘이 살고 있습니다. 언제부터 아빠가 없었는지는 기억나지 않습니다. 아마도 아빠는 처음부터 없었던 것 같습니다. 공주가 기억하기에는 늘 엄마와 공주 둘뿐이었으니까요.

공주의 엄마는 항상 바쁩니다. 그래서 한 번도 학교에 오실 수 없었죠. 아니, 딱 한 번 오신 적이 있었지만, 결과가 썩 좋지 않았답니다. 다른 엄마들보다 나이도 많고, 늘 일에 시달려서 화장도 안 하고 예쁜 옷도 없는 엄마가 학교에 왔을 때 공주는 정말 어디론가 숨어 버리고 싶었습니다.

아침에 일어나 보면 밥상만 차려져 있고, 엄마의 모습은 보이지 않습니다. 그리고 저녁에도 늦게 돌아오시기에 공주는 언제나 혼자 놀면서 엄마를 기다려야 합니다. 학교가 끝나면 아이들은 모두 학원 버스를 타고 영어 학원에도 가고, 속셈 학원에도 가야 하기에 학교 운동장에도 공원 놀이터에도 함께 놀 아이들이 없기 때문이죠. 뭐, 아이들이 함께 잘 놀아 주는 것도 아니지만, 그래도 아이들이 근처에 있으면 혼자 노는 것보다는 덜 심심했지요.

그래서 공주는 농구를 좋아합니다. 친구가 없어도 농구공만 있으면 혼자서도 얼마든지 놀 수 있으니까요. 공주는 아파트 놀이터에서 농구공을 가지고 드리블도 하고, 하늘 높이 던져 올리며 점프도 합니다. 그러다가 지루해지면 집에 돌아와 벽을 상대로 패스 연습도 합니다. 공주에게는 농구공이 꽤 무겁지만, 뭐, 상관없습니다. 엄마가 말씀하셨듯이, 어서어서 무럭무럭 자라면 언젠가는 지금 입고 있는 헐렁한 티셔츠가 딱 맞는 날이 오듯이, 무거운 농구공도 가볍게 느껴지는 날이 올 테니까요!

2. 두 번째 만남

집 밖으로 나가기를 싫어하는 할아버지도 한 달에 한 번은 반드시 은행에 다녀와야 합니다. 은퇴하고 나서 매달 나오는 연금을 찾아야 하니까요.

그날도 은행에서 돈을 찾아 돌아오는 길에 할아버지는 아파트 건물 입구에서 새로 이사 온 그 여자아이를 보았습니다. 밤마다 소란을 피우는 아이가 너무너무 미워서 있는 힘을 다해 눈을 흘겨 주었지만, 야단을 치기도 귀찮아 그냥 지나치려 했습니다. 그런데 가만히 보니, 아이의 태도가 조금 이상했습니다. 그 조그만 몸을 이리저리 꼬면서 발을 동동 구르고 뭔가 애원하는 눈길로 할아버지를 올려다보고 있었던 겁니다. 할아버지는 혹시 무슨 다급한 일이라도 생긴 것은 아닌지 궁금해졌습니다.

"야! 너 여기서 왜 이러고 있어?"

"아파트 문이 잠겼어요."

"너희 집 도어락 비밀번호 몰라?"

"우리 집은 열쇠로 열어야 해요."

"그럼, 열쇠는 어딨어?"

"모르겠어요, 잃어버렸나 봐요."

"이런, 칠칠치 못하게! 그럼, 너희 식구 중에 누가 올 때까지 기다리는 수밖에 없구먼!"

"그런데 저, 오줌 마려워요. 쌀 것 같아요."

이걸 어떡하나…. 할아버지는 썩 내키지 않았지만, 아이가 길에서 오줌을 지리도록 내버려 둘 수는 없었습니다. 하는 수 없이 아이를 집으로 데려가서 화장실을 사용하게 해주었습니다. 그러나 볼일을 마치고 나온 아이는 쭈뼛거리며 기웃기웃 할아버지의 아파트를 둘러보며 돌아갈 생각을 하지 않았습니다. 한참을 그러더니 기어들어 가는 목소리로 말했습니다.

"저기, 엄마 오실 때까지 여기서 기다리면 안 돼요?"

할아버지는 절대로 낯선 사람을 집에 들이지 않기로

원칙을 세웠기에 불청객의 존재 때문에 몹시 마음이 불편했지만, 가련하고 슬픈 얼굴로 애원하는 어린아이를 밖으로 내쫓기에는 더욱 마음이 불편했습니다. 에라! 모르겠다. 이번 딱 한 번만 예외로 하자!

"알았다. 하지만 절대로 여기 있는 물건에 손을 대면 안 돼! 그리고 여기저기 돌아다녀도 안 돼. 귀찮게 굴거나, 시끄럽게 굴면 곧바로 쫓아낼 거야. 엄마가 오실 때까지 여기 소파에 얌전하게 앉아 있어야 해. 알았지?"

할아버지는 냉장고에서 오렌지주스를 꺼내 아이에게 한 잔 따라 주었습니다.

할아버지 인생의 유일한 취미는 나비 채집입니다. 할아버지는 지난 세월 산과 들을 헤매며 하나하나 채집한 나비들을 유리 액자에 넣어 아파트 거실과 침실과 복도의 벽을 빼곡히 채워 놓았습니다. 호기심 많은 공주가 난생 처음 보는 이 신기한 곤충들에 온통 마음을 빼앗겼던 것은 너무도 당연한 일이었죠. 공주는 핀으로 고정된 채 조명을 받아 찬란하게 빛나는 색색의 나비를 보고 입을 다물 수 없었습니다. 그 모습이 너무도 화려하고 아름다워서 처음에는 그것이 어느 유명한 예술가가 만든 작품인 줄 알았습니다. 공주는 액자에 들어 있는 나비 한 쌍을 가리키며 불쑥 할아버지에게 물었습니다.

"이게 뭐예요?"

윗집 꼬맹이가 자신의 소장품에 관심을 보이자, 은근히 기분이 좋아진 할아버지는 목소리를 누그러뜨리고 친절하게 대답해 주었습니다.

"아, 너도 나비에 관심이 있는 모양이로구나? 그 녀석들은 '청띠제비나비'라고 부르지. 주로 우리나라 남쪽 섬에서 산단다. 몸집이 큰 녀석이 암놈, 작은 녀석이 수놈이야. 사람하고는 정반대지."

공주는 휘둥그레진 눈으로 나비들을 관찰하며 저도 모르게 탄성을 질렀습니다.

"아! 멋있어요. 책에서 나비를 보긴 했지만, 이렇게 멋있는 줄은 정말 몰랐어요."

공주가 점점 더 열을 내며 나비들을 관찰하자, 할아버지는 점점 더 신이 났습니다. 사실, 할아버지는 그때까지 아무에게도 이 나비들을 보여준 적이 없었습니다. 아니, 보겠다는 사람이 아무도 없었죠.

"가만가만, 이 녀석이 어디 있더라? 옳지! 여기 있군. 이 노란색 나비는 '레몬'이라고 부르기도 한단다. 너도 시골에 갔을 때 본 적이 있을 거야."

"아뇨! 전 처음 봐요."

"뭐? 노랑나비를 한 번도 본 적이 없단 말이냐? 어떻게 그럴 수가 있어? 방학 때 시골에 가서 자연학습 숙제도 안 했어?"

"저는 시골에 가본 적이 없어요."

"아, 그렇구나. 하지만 적어도 나비가 어떻게 태어나는지는 알고 있겠지?"

"아뇨, 몰라요!"

'흥! 그렇겠지.' 할아버지는 속으로 중얼거렸습니다. '요즘 아이들은 벼가 나무에서 열리는 줄 아는데, 나비가 어떻게 태어나는지 알 턱이 있겠어?'

할아버지는 애벌레를 기르는 여러 개의 통 가운데 하나를 열고 노랑과 초록 줄무늬가 있는 털북숭이 애벌레가 매달려 있는 작은 나뭇가지를 꺼냈습니다.

"자, 봐라! 이게 바로 공작나비의 애벌레란다."

"아. 징그러워요."

"뭐가 징그러워? 모든 생명은 아름다운 거야. 이 녀석이 입으로 실을 뽑아내서 고치를 만들고 나면 그 안에서 무엇으로 변하는지 아니?"

"나비?"

"아니! 애벌레가 어떻게 곧바로 나비로 변해? 번데기로 변한단 말이야! 번데기! 도대체 요즘 학교에서는 뭘 가르치는 거냐? 나비의 일생도 배우지 않았어?"

할아버지는 아파트 맨 구석에 있는 방으로 들어가 얼마 전 택배 기사가 전해준 소포에서 상자 하나를 꺼냈습니다. 그리고 거실로 돌아와 공주에게 상자를 열어 보이며 격앙된 목소리로 말했습니다.

"자, 이게 바로 고치란다! 열흘 안에 여기서 나비가 나올 거야!"

"이렇게 이상하게 생긴 것이 나비가 된다고요?"

"그렇지!"

"하얀 땅콩처럼 생겼군요."

"뭐?"

"어떤 상표죠?"

"어떤 상표라니?"

"그러니까, 이 고치에서 어떤 상표의 나비가 나오느냐고요."

"이런, 상표라니! 여기서 어떤 품종의 나비가 나오는지를 묻는 거냐? 젠장, 넌 상표와 품종도 구별할 줄 몰라? 도대체 학교에서 국어 시간에 뭘 배우는 거냐? 어쨌든, 이 고치에서 어떤 품종의 나비가 나올지는 모르겠다. 내게 고치를 보내준 사람이 깜빡 잊고 나비 품종을 적어 놓지 않았어. 아니면 그 사람도 이 고치에서 어떤 나비가 나올지 몰랐거나…."

공주는 방금 할아버지가 고치 상자를 가지고 나온 방에 무엇이 있는지 몹시 궁금했습니다.

"저 방에는 무엇이 있어요?"

"응? 저 방에는 내가 키우는 나비들이 들어 있지. 하지만 저 방에는 함부로 들어가면 안 돼."

SUPER
DAY·63

"왜요?"

"왜라니! 어른이 안 된다면, 안 되는 줄 알아!"

하지만 할아버지가 말을 마치고 돌아서기가 무섭게 공주는 쏜살같이 달려가 그 비밀의 방 문을 활짝 열었습니다. 아! 그 순간, 어두운 방 안에서 잠자고 있던 수백 마리 형형색색의 나비가 마치 폭풍에 휘날리는 나뭇잎처럼 날아올랐습니다. 깜짝 놀란 공주는 얼른 방문을 닫았지만, 이미 수십 수백 마리의 나비가 밖으로 나온 뒤였습니다. 할아버지는 허겁지겁 나비채를 가져와 나비를 잡으러 쫓아다녔습니다. 나비들은 거실의 테이블 위에도, 소파 위에도, 텔레비전 위에도, 그리고 털을 핥고 있던 고양이의 머리 위에도 내려앉았습니다. 화가 머리끝까지 치민 할아버지는 거칠게 공주를 끌고 가 아파트 문밖으로 야멸치게 밀쳐 냈습니다.

"너, 인제 보니 아주 말썽꾸러기구나? 너처럼 말을 안 듣는 아이에게는 잘 대해줄 필요가 없어. 자, 네 엄마가 올 때까지 밖에서 기다려! 그리고 다시는 나비를 가지고 장난하지 마라! 나비는 아이들이 가지고 노는 장난감이 아니야!"

공주는 아무 말도 못 하고 고개를 푹 숙인 채 위층으로 향하는 계단을 터덜터덜 걸어 올라갔습니다. 노랑나비 한 마리가 팔락팔락 날갯짓하며 공주를 따라 날아갔습니다.

3. 세 번째 만남

할아버지는 어느 나비 수집가가 지리산 계곡에서 매우 희귀한 종류의 나비를 목격했다는 소식을 들었습니다. 세상에서 가장 아름다운 품종으로 알려진 이 나비를, 학자들은 '유리'라는 이름으로 불렀습니다. 할아버지는 그토록 오랫동안 이 나비를 찾아 헤맸지만, 단 한 번도 본 적이 없었습니다. 유리는 아주 높은 산꼭대기에서, 그것도 저녁에만 나타나는 특이한 품종이었기 때문일까요? 아니면, 학자들의 말대로 정말 이 나비는 멸종되었기 때문일까요? 이 질문에는 지금까지 아무도 자신 있게 대답하지 못했습니다. 그런데! 그런데 이 유리를 직접 두 눈으로 보았다고 주장하는 사람이 나타난 겁니다! 이것은 기적 같은 일이었습니다! 할아버지의 가슴은 설레다 못해

터질 듯이 쿵쾅거렸습니다. 그리고 무슨 일이 있어도 이 번만은 꼭 이 나비를 잡고야 말겠다고 마음속으로 굳게 다짐했습니다. 할아버지에게는 이 나비를 반드시 잡아야 할 이유가 있었습니다. 아! 정말 오랜만에 느끼는 흥분이었습니다.

유리는 일 년 중 오월 말에서 유월 초, 며칠 정도만 살다가 사라지는 품종이라고 합니다. 왜 그렇게 수명이 짧으냐고요? 매미나 연어처럼 유리도 알을 낳고 나면 이내 죽어 버리기 때문이죠. 왜 알을 낳고 나면 죽느냐고요? 그 질문에 대답할 수 있는 분은 아마도 이 세상을 창조하셨다는 하나님밖에 없을 겁니다. 이처럼, 세상에는 인간의 지혜로는 도저히 알 수 없는 일이 너무도 많답니다.

어쨌든, 지금이 바로 오월 말이니, 할아버지의 운이 좋다면 이번에야말로 유리를 채집할 절호의 기회였습니다. 할아버지는 서둘러 아파트를 청소하고, 쓰레기를 내다 버리고, 가스와 수도와 전기를 점검하고, 고양이 밥통에 사료와 물을 충분히 채우고 나서 꼼꼼하게 짐을 꾸렸습니다. 이제 드디어 일생일대의 모험이 기다리고 있는 지리산을 향해 떠날 준비가 완료된 겁니다. 할아버지가 세상에 태어나서 이렇게 흥분했던 적은 결혼식 전날과 외아들이 태어난 날 말고는 없었던 것 같았습니다.

다섯 시간 동안 쉬지 않고 고속도로를 달린 할아버지는 도로변에 있는 휴게소로 들어갔습니다. 해는 벌써 서쪽으로 서서히 기울고 있었죠. 오랫동안 운전하느라 온몸이 쑤시고 다리가 저렸습니다. 할아버지는 차 옆에 서서 기지개도 켜고 앉았다 일어서기를 반복하며 굳은 몸을 풀었습니다. 그런데 그 순간, 차에서 이상한 소리가 들렸습니다. 가만히 귀를 기울여 보니, 고양이 울음소리 같기도 하고, 어린아이 울음소리 같기도 했습니다. 소리는 분명히 자동차 트렁크 쪽에서 들려오고 있었습니다. 할아버지는 트렁크에 귀를 가져다 댔습니다.

'열어 주세요, 이것 좀 열어 주세요.'

어린아이의 목소리였습니다. 화들짝 놀란 할아버지는 얼른 트렁크를 열었습니다. 그러자, 얼굴이 새빨개진 공주가 일어나며 울음을 터뜨렸습니다.

"아니, 너 어떻게 된 거냐? 어떻게 네가 내 차 트렁크에 타고 있어?"

공주는 아침에 할아버지가 차에 짐을 싣느라 정신없는 틈을 타서 트렁크에 들어가 숨어 있었던 겁니다. 이것은 명백한 가출이었습니다! 아이의 엄마가 이 사실을 알게 된다면 할아버지를 어떻게 생각하겠습니까? 아홉 살짜리 여자아이가 스스로 자동차 트렁크를 열고 그 안에 들어가 다섯 시간 동안이나 숨어 있었다는 이야기를 과연 누가 믿어 줄까요?

"너 미쳤어? 왜 그랬어? 왜 내 자동차 트렁크에 숨었느냐고?"

"따라오고 싶어서 그랬어요!"

"뭐? 너 지금 무슨 짓을 하고 있는 줄이나 알고 이러는 거야? 네가 없어진 걸 알면, 엄마가 얼마나 걱정하겠어! 또, 내 입장은 뭐가 되냐? 너, 정말 이러면 안 되는 거야!"

"왜 안 되죠? 엄마는 나한테 관심도 없어요. 매일매일 일만 하느라고 나 같은 건 없어져도 모를 거예요."

할아버지는 기가 막혀 할 말을 잃었습니다. 이 아이의

사정이야 어찌 되었든, 아동 유괴범으로 몰리기 전에 어서 아이의 어머니에게 연락하는 일이 급했습니다.

"너희 집 전화번호가 몇 번이냐?"

공주는 떠듬떠듬 번호를 불러 주었습니다.

"이 번호, 확실하지?"

"네…."

할아버지는 휴대전화로 아이의 집에 전화를 걸었지만, 아무도 받지 않았습니다. 공주는 할아버지에게 집 전화번호를 가르쳐줄 만큼 바보가 아니었죠! 공주가 일러준 전화번호는 지금 이 시간에 직원들이 모두 퇴근하고 아무도 없을 구립 도서관 전화번호였습니다. 공주는 엄마에게 돈이 없다는 것을 잘 알고 있었기에 아파트에서 멀지 않은 구립 도서관에서 책을 빌려 보곤 했습니다. 보고 싶은 책이 있으면 미리 전화를 걸어 책을 빌릴 수 있는지 물어보기도 했고요. 보기보다 똑똑한 공주는 여섯 시가 되면 사서 아주머니들이 모두 퇴근한다는 것도 잘 알고 있었죠.

"안 되겠다. 집에 아무도 안 계신가 보다. 너희 엄마 휴대전화 번호 좀 말해봐!"

"우리 엄마 휴대전화 없어요."

"뭐? 그게 말이나 되냐? 요즘 세상에 휴대전화 없는 사람이 어디 있어? 대한민국 휴대전화 가입자 수가 오천만 명을 넘었어. 전체 국민 수보다 휴대전화 가입자 수가 더 많다고! 그런데 너희 엄마는 휴대전화가 없다고? 이거 정말 미치겠군…. 그럼, 너희 아버지 휴대전화 번호는 몇 번이야?"

"난 아빠가 없어요!"

"뭐? 너희 엄마는 휴대전화가 없고, 너는 아빠가 없어? 갈수록 태산이군. 그럼, 지금 너희 엄마가 어디 계실 것 같으냐? 집에 안 계신다면, 직장에 계실 것 아니냐?"

"엄마는 토요일에 일 안 해요."

"오늘이 토요일이야? 젠장! 그럼, 엄마가 어디 가셨을 것 같으냐? 짐작 가는 데가 있을 것 아니야? 친구 집? 외할머니 댁?"

"네! 외할머니 댁에 갔어요. 엄마가 아침에 그렇게 말했어요."

"정말이야? 내가 방금 엄마가 외할머니댁에 가셨느냐고 물어보니까, 얼렁뚱땅 둘러대는 거 아냐?"

"얼렁뚱땅이 뭐예요?"

"이런, 젠장! 됐고, 그럼, 네 외할머니댁 전화번호는 몇 번이야?"

"몰라요."

"몰라? 왜 몰라!"

할아버지는 있는 대로 짜증이 났지만, 더는 아이를 추궁하지 않았습니다. 아무리 닦달해도 아이 엄마의 연락처를 알아내기는 불가능하다는 것을 이미 알아차렸기 때문이었죠. 노인들에게는 젊은 사람들에게는 없는 지혜가 있답니다.

4. 할아버지라고 불러도 돼요?

다음 날 아침, 할아버지는 공주를 데리고 가까운 파출소를 찾아가기로 했습니다.

사투리가 감칠맛 나는 그곳 사람들에게 길을 물어물어 작은 마을 파출소로 향하는 길에 공주가 할아버지에게 말했습니다.

"경찰들이 나를 감옥에 보낼까요?"

"아이들은 감옥에 가지 않아. 경찰 아저씨들이 너를 집에 데려다줄 거야."

"경찰들이 우리 엄마를 만나서, 엄마가 나를 포기했다는 걸 알게 되면 나를 고육원에 보낼 거여요."

"뭐? 고육원?"

"부모가 없는 아이들이 가는 곳 말이에요."

"안 돼! 안 돼! 안 돼! 게다가 너 같은 어린애는 지금 내가 가는 산에 갈 수 없어. 너무 위험해서 절대로 안 된다."

"내가 얼마나 산에 가고 싶었는지 아세요? 내가 얼마나 우유 만드는 젖소를 보고 싶었는지 아시냐고요! 새장 안에 갇힌 새가 아니라 실제로 살아 있는 새가 얼마나 보고 싶었는지 아세요? 그리고 날아다니는 나비들이 얼마나 보고 싶은지 아시냐고요!"

아무리 사정해도 할아버지가 끄떡도 하지 않자, 공주는 어깨를 한 번 으쓱하고는 슬픈 목소리로 말했다.

"뭐, 정 그러시다면 할 수 없죠! 나야 고육원에 가든 말든 맘대로 하세요."

"어쨌든, 나는 너를 데리고 있을 수 없어. 이건 법적으로도 용납이 안 되는 일이야!"

"내가 원해서 산에 갔다고 하면 문제없잖아요. 그렇게 하실 수 있는 거잖아요?"

"그래도 마찬가지야. 네가 원했다고 하든 말든, 달라지는 것은 아무것도 없어. 야! 난 네 아빠도 아니고 네 할아버지도 아니야. 그리고 넌 아직 어려서 그런 것들을 네 맘대로 결정할 권리가 없어. 자, 어서 파출소로 가자! 이것이 유일한 해결책이야."

그러나 결국 할아버지는 아이를 경찰의 손에 넘기지 못했습니다. 경찰 제복과 수갑, 곤봉, 유치장, 거기 갇힌 흉악범들… 생각만 해도 끔찍했습니다. 이 어린아이를 그런 곳에 두고 나와야 한다는 것이 여간 걱정스럽지 않았고, 게다가 어린 사슴의 눈처럼 슬퍼 보이는 공주의 눈동자를 마주하기가 여간 괴로운 일이 아니었습니다. 아! 진심으로 무언가를 원하는 어린아이의 그 간절한 눈빛… 여러분도 그런 눈빛을 보면 아이가 원하는 것을 꼼짝없이 들어줄 수밖에 없을 겁니다. 결국, 할아버지는 공주를 차의 뒷좌석에 태우고 최종 목적지인 지리산으로 향했습니다.

"좋아! 우리 이렇게 합의하자. 너희 엄마와 전화 통화가 되는 대로 너는 곧바로 집으로 돌아가야 해. 그리고 그때까지 너는 어떤 불만도, 어떤 불평도 해선 안 된다. 무조건 내가 시키는 대로 해야 해. 만약 이 조건을 어긴다면 즉시 너를 서울로 돌려보낼 거야. 자동차에 태워 보내든, 비행기에 태워 보내든, 택배로 보내든!"

"좋아요!"

"너한테 미리 경고하지만, 우리는 지금 놀러 가는 게 아니야!"

"알아요!"

"산의 높이가 천구백 미터야! 꼭대기까지 가려면 아무리 빨리 걸어도 삼 일은 족히 걸릴 거야! 그리고 잠도 벌레가 기어 다니는 텐트 안에서 자야 해!"

"좋아요!"

"걸어서 가는 거야. 자동차를 타고 가는 게 아니야!"

"알겠어요!"

"내 동료 나비 수집가가 내가 찾는 나비 서식지를 대충 알려주긴 했지만, 현장에 가면 직접 찾아야 해."

"서식지가 뭔데요?"

"동물이나 식물이 자라는 곳이지. 내가 찾는 나비의 서식지는 약간 비탈져서 바람을 막을 수 있는 소나무 숲 근처 풀밭이야. 소나무 숲에서 암컷이 페로몬으로 수컷을 유인한단다."

"왜 암컷이 페몬으로 수컷을 유인하죠?"

"페몬이 아니라, 페로몬…. 에이, 그만두자. 나중에 설명해줄 테니. 어쨌든, 유리 찾기는 검불밭에서 바늘 찾기와 같아."

"검불밭이 뭐예요?"

"마른 잡초란 뜻이야."

"잡초가 뭐죠?"

"이런!"

할아버지는 양쪽에 들판이 펼쳐진 도로 한쪽에 차를 세웠습니다. 그리고 들판에 무성한 잡초를 가리키며 말했습니다.

"저게 바로 잡초야! 봐!"

"나비들이 잡초에서 사는 건가요?"

"그런 게 아니야. 검불밭, 아니, 마른 잡초 사이에서 바늘 찾기라는 것은 그만큼 찾기 어렵다는 뜻이야. 이런 걸 '비유'라고 해. 어쨌든 너라면 저 잡초 더미에서 바늘을 찾을 수 있겠어?"

"저는 그런 짓 안 하죠. 비싸지도 않은데, 바늘을 새로 사면 되잖아요."

두 사람은 지리산 자락에 도착해서 마을에 있는 작은 민박집에 머물기로 했습니다. 그리고 집주인에게 물어 읍내로 나가 공주가 며칠 동안 입을 옷가지와 등산화, 배낭과 주전부리도 샀습니다. 할아버지는 서울의 아파트 관리소장에게 전화해서 아이의 엄마에게 사정을 설명해 달라고 부탁하려 했지만, 그 역시 전화를 받지 않았습니

다. 왜 아파트 관리소나 홈쇼핑 고객센터나 구청 민원실 전화는 늘 통화 중이거나 신호가 수없이 울려도 받지 않는 걸까요? 할아버지는 초조하고 불안했습니다.

그날 밤, 할아버지가 읍내에서 사준 파자마를 입고 이불 속으로 들어간 공주는 옆자리에 누워 있는 할아버지에게 기어들어 가는 목소리로 물었습니다.

"내가 할아버지한테 할아버지라고 불러도 돼요?"

낯선 곳에서 잘 알지도 못하는 아이에게서 갑자기 할아버지 소리를 듣다니! 할아버지는 은근히 화가 났습니다. '뚝뚝이 영감'의 심술이 발동한 할아버지는 퉁명스럽게 대답했습니다.

"안 돼! 나는 네 할아버지가 아니야! 너하고 나하고는 아무 관계 없는 남남이야. 만약, 한 번만 더 나를 할아버지라고 부르면, 나는 혼자 떠날 거야. 그리고 이 민박집 주인한테 얘기해서 너를 헛간에서 재우다가 서울로 보내 버리라고 할 거야!"

그러나 공주는 피식! 웃고 말았습니다.

5. 공주, 할아버지의 손을 잡다

다음 날 아침, 다시 길을 떠난 두 사람은 산의 비탈 쪽 유리가 출현한다는 지점을 향해 산길을 걸어 올라갔습니다. 할아버지의 배낭에는 동료 수집가가 보내준 유리의 서식지 지도가 들어 있었습니다. 공주는 작은 배낭에 들어 있는 MP3 플레이어에 이어폰을 연결하여 귀에 꽂은 채 할아버지와 십 미터쯤 떨어져 걸었습니다. 그러나 공주가 MP3의 볼륨을 최대한으로 높여 놓았기에 앞서 가는 할아버지에게도 음악 소리가 들렸습니다. 할아버지는 기분이 언짢아졌습니다. 뭐야, 지금 저 아이는 서울 강남의 어느 거리라도 산책하고 있는 줄 아는 모양이지? 할아버지는 공주에게 당장 MP3 플레이어를 끄라고 했습니다. 아이는 가지고 놀 것이 없어지자, 이내 지루해지기 시작했습니다. 공주가 할아버지에게 말을 걸었습니다.

"어젯밤에 꿈을 꿨어요. 얘기해 줄까요?"

"아니, 됐어!"

"꿈과 악몽은 어떻게 다르죠?"

"너는 뭐 그리 궁금한 게 많으냐?"

"어떻게 다르죠?"

"악몽도 꿈인데, 나쁜 꿈이야. 그러니까, 악몽은 아이들 같은 거지. 아이들은 처음에 아름다운 꿈이었다가, 자라면서 악몽이 되어 버리니까."

그들은 오후 내내 아무 말 없이 걸었습니다. 할아버지는 휴대전화로 관리소장과 통화하려고 여러 차례 전화를 걸었지만, 통화가 불가능한 지역으로 들어갔는지, 한두 번 신호가 울리다가는 이내 끊어지곤 했습니다. 할아버지는 투덜거리며 휴대전화를 주머니에 처박아 버렸습니다.

산길은 점점 가팔라지면서 걷기가 무척 어려워졌습니다. 공주는 젓가락처럼 가느다란 다리를 움직이며 할아버지를 열심히 쫓아갔지만, 걷기가 점점 힘에 부쳤습니다. 할아버지는 걸음을 멈추고 뒤처졌던 공주가 따라올 때까지 한참씩 기다려야 했습니다.

다행히 점심시간이 되었습니다. 할아버지는 민박집에서 만들어준 도시락을 꺼내 놓았습니다. 김치와 멸치 조림, 삶은 감자와 달걀 반찬을 늘어놓고 나서 할아버지는 집에서 가져온 비엔나소시지를 한 입 베어 물며 말했습니다.

"자, 먹자!"

"난 김치 안 먹어요!"

"그럼, 다른 반찬 먹어."

"난 삶은 감자도 좋아하지 않아요!"

"감자가 싫다고? 그럼, 달걀을 먹든가."

"삶은 달걀은 더 싫어!"

"그럼, 다른 걸 먹으면 되잖아."

"그러면 멸치만 남는데요?"

"그래서? 멸치도 싫다는 거야?"

공주는 할아버지가 손에 들고 있는 비엔나소시지를 곁눈질했습니다.

"그거, 비엔나소시지인가요?"

"그래."

"나는 소시지가 좋아요. 할아버지가 이 도시락 드시고, 내가 소시지를 먹으면 안 될까요?"

"그건, 절대로 안 되지!"

공주가 뾰로통했습니다.

"그래, 그래, 알았어. 이리 줘! 바꿔 먹자!"

"진작에 그러셨어야죠."

저녁 무렵, 할아버지는 텐트를 치고 모닥불을 피워 간단한 꼬치요리를 만들어 구웠습니다. 공주가 추워했기에, 할아버지는 자기 배낭 속에 들어 있던 스웨터를 꺼내 공주에게 입혀 주려고 했습니다. 그러나 아이의 머리를 스웨터의 소매로 밀어 넣는 바람에 숨이 막힌 공주는 소리를 질렀습니다.

"아아!"

"왜 그래?"

"숨이 막히게 하시잖아요!"

“이런 젠장! 머리를 빼서 이쪽으로 디밀어봐!”

할아버지는 다시 꼬치요리에 집중했습니다. 커다란 스웨터 아래로 새 다리처럼 가느다란 발목만 나온 공주는 할아버지의 곁으로 다가와 쪼그리고 앉으며 말했습니다.

“난 할아버지에게 아이가 없었다는 걸 알 것 같아요.”

“안다고? 네가 그걸 어떻게 안다는 거냐?”

“나한테 하시는 게 서툴잖아요. 서툰 백정이 닭 잡는다고나 할까요?”

“엥? 그게 무슨 소리야? ‘서툰 백정이 사람 잡는다’고 하는 거야. 그리고 그런 속담은 이럴 때 쓰는 게 아니야.”

“뭐, 어차피 잡는 건 마찬가지 아닌가요?”

할아버지는 당돌하고 무식한 공주를 한심하다는 듯이 내려다보며 말했습니다.

“넌 모르는 게 너무 많아. 내가 가르쳐 줬으면 좋겠지만, 시간이 없다. 그대로 사는 수밖에!”

다음 날, 할아버지는 텐트를 걷고 떠날 채비를 차렸습니다. 할아버지는 공주의 어머니에게 다시 한 번 전화 통화를 시도하려 했지만, 그의 휴대전화는 전원이 꺼져 있었습니다. 그동안 충전하지 못한 배터리가 방전되었던 거죠. 할아버지는 보조 배터리를 찾으려고 배낭을 샅샅이 뒤졌지만, 보이지 않았습니다. 전날 밤, 공주가 할아버지의 배낭에 들어 있던 보조 배터리를 몰래 감춰 버렸다는 것을 할아버지는 알 턱이 없었습니다. 허둥대는 할아버지에게 공주가 말했습니다.

"혹시 어디서 떨어뜨린 게 아닐까요?"

아! 어린 나이의 공주는 어쩌면 이렇게 영악스러운 짓을 할 수 있을까요! 아무것도 모르는 할아버지는 공주의 말을 듣고 전날 텐트를 쳤던 풀밭에 엎드려 손으로 여기저기를 더듬으며 사라진 배터리를 찾았습니다. 아, 불쌍한 할아버지!

"아, 배터리가 어디 떨어졌을까? 꼭 찾아야 하는데!"

공주는 심술궂은 얼굴로 할아버지에게 물었습니다.

"전에 뭐라고 했죠? 어디에서 바늘 찾기라고 했죠?"

"검불밭!"

할아버지와 여행하면서 공주는 조금씩 자연의 경이로움에 마음을 열기 시작했습니다. 그동안 잠자고 있던 감각이 하나둘 깨어나면서, 도시에서는 볼 수 없었던 새로운 세계를 발견한 것이죠. 나뭇잎 사이로 내리는 햇살, 바람이 간질이고 지나가는 풀잎의 속삭임, 숲을 지날 때 풍기는 이름 모를 꽃과 풀의 향기, 장엄한 산 위로 날아가는 새들….

이윽고 할아버지는 소리를 내며 세차게 흐르는 급류 앞에 다다랐습니다. 공주는 뒤에서 걸음을 멈춘 채 어쩔 줄 몰랐습니다. 아! 저렇게 빠르게 흐르는 물에 빠진다면 순식간에 휩쓸려 떠내려가겠죠.

할아버지가 소리쳤습니다.

"공주야, 어서 와!"

아이는 두 손으로 신발을 움켜쥔 채, 머뭇머뭇 급류를 건너기 시작했습니다. 그러다가 마치 최면에 걸린 것처럼 그 자리에 멈춰 섰습니다. 물고기 한 마리가 햇빛에 비늘을 번쩍이며 갑자기 물 위로 뛰어올라 아이를 겁에 질리게 했기 때문입니다!

할아버지가 다시 소리쳤습니다.

"뭐 하고 있어? 어서 건너오라니까!"

공주가 용기를 내어 앞으로 나아가려는 순간, 물속에 잠긴 발이 미끄러운 바위를 헛디디면서 앞으로 엎어졌습니다. 등에 메고 있던 배낭까지 온통 물에 잠긴 공주는 엉금엉금 기어서 간신히 물 밖으로 나왔습니다.

물에 흠뻑 젖은 옷을 햇빛에 말리던 공주는 화가 머리끝까지 치밀어 올랐습니다. 배낭에 들어 있던 MP3 플레이어가 물에 잠기면서 고장 났는지 작동하지 않았기 때문입니다. 엄마를 졸라서 어렵게 얻어낸 MP3 플레이어였는데, 이런 데서 망가지다니! 공주는 추위에 부들부들 떨면서도 할아버지가 내민 따뜻한 초콜릿 차를 야멸치게 밀쳐 버렸습니다.

"화났어? MP3는 잘 말리면 다시 작동할 거야."

공주는 미간을 찌푸린 채 아무 대답도 하지 않았습니다.

"내가 어떻게 해야 화가 풀리겠니?"

두 사람은 입을 굳게 다문 채 다시 걷기 시작했습니다. 바위와 나무 사이로 난 꾸불꾸불한 길로 접어들었을 때 공주가 할아버지에게 다가서며 말했습니다.

"부탁 하나 해도 돼요?"

"부탁한다고 뭐든지 들어줄 수는 없지만, 그래도 한번 얘기해봐!"

"내가 '할아버지'라고 부르는 게 싫다고 했잖아요. 그럼, 뭐라고 불러야 할지 말해 줄래요?"

"글쎄… 뭐라고 부르면 좋을까?"

"그래요! 할아버지 별명을 부르면 어떨까요?"

"내 별명?"

"네! 동네 사람들이 부르는 별명이 있잖아요. 모르셨어요?"

"뭐? 내게 별명이 있다고? 그래, 사람들이 날 뭐라고 부르던?"

"뚝뚝이 영감!"

"뭐라고? 뚝뚝이 영감?"

"왜요? 기분 나빠요?"

"마음대로 하라지. 난 남들이 나를 뭐라고 부르든 상관 안 해. 그리고 나는 그렇다 쳐도, 네 이름도 만만찮아! 공주라니! 친구들한테서 놀림깨나 받겠는걸?"

"나도 남들이 뭐라고 놀리든 상관 안 해요. 뚝뚝이 영감님! 그건 그렇고, 내가 뭐 하나 더 물어봐도 돼요?"

"이런! 네 입은 도대체 쉬지를 않는구나. 삼 일 전부터 바짝 달라붙어서 온종일 쉬지 않고 앵앵대니 귀가 다 아파. 이제부터 입 다물기!"

"그래도 하나만…."

"쉿! 인제 그만! 스톱!"

할아버지는 다시 걷기 시작했습니다. 그러나 한동안 걸어가던 할아버지는 옆이 허전한 느낌이 들었습니다. 뒤를 돌아보니, 길 한가운데서 꼼짝도 하지 않고 서 있는 공주의 모습이 보였습니다.

"공주야, 어서 와!"

"할아버지가 스톱하라고 했잖아요!"

"내가 스톱하라고 한 것은 말을 그만하라는 거였지, 움직이지 말라고 했던 건 아니잖아!"

할아버지가 다시 걸음을 옮기기 시작했을 때 무언가 작고 따듯한 것이 손안에 들어오는 것을 느꼈습니다. 공주의 손이었습니다. 그러나 할아버지는 모르는 척하고 아무 말도 하지 않았습니다. 아! 이 세상 어떤 어른이 작고 따듯한 아이의 손을 뿌리칠 수 있을까요! 아이의 손에서 전해진 따스한 느낌은 순식간에 할아버지의 팔을 타고 가슴을 흔들어 놓았습니다. 우리는 때로 아이들에게 아무것도 아닌 일로 화를 내기도 하고, 때로 그들의 가슴을 아프게 하지만, 아이들은 기억력이 3초만 작동한다는 금붕어처럼 금세 아무 일도 없었다는 듯이 분노도, 슬픔도 까맣게 잊어버립니다. 아이들은 우리의 나쁜 성격과 나쁜 버릇과 고정관념과 변덕이 심한 기분을 전혀 개의치 않고 오로지 우리가 그들 곁에 있다는 사실 자체가 중요하다는 듯이 자신이 가진 모든 것을 우리에게 줍니다. 아이들은 우리를 믿기 전에 조건을 따져 보지도 않고, 우리를 사랑하면서도 자신이 사랑받고 있다는 증거를 요구하지도 않습니다. 아이들이 우리를 사랑할 때 우리에게 남은 선택은 그 사랑을 받아들이거나, 받아들이지 않는 것

뿐입니다.

할아버지는 전혀 기대하지 않았던 선물처럼 자기 손 안에 들어온 공주의 작은 손을 꼭 쥐었습니다.

6. 그 사람들은 왜 엄마 노루를 죽였나요?

경사는 점점 더 가팔라졌습니다. 공주는 목적지까지 가는 길이 몹시 험난하리라는 것을 뒤늦게 깨달았습니다. 게다가 가는 길에 낯선 동물과 마주치는 것 역시 엄청난 모험이었습니다. 어느 한적한 농가 옆을 지날 무렵, 염소 떼에 둘러싸였을 때 얼마나 무서웠는지! 공주는 오금이 저려 꼼짝도 할 수 없었습니다. 숲 속 빈터에서 어미 노루와 새끼를 발견했을 때 할아버지와 공주는 덤불 뒤에 숨어서 숨을 죽이고 넋이 나간 듯 바라보았습니다. 정말 잊을 수 없는 순간이었지요. 어미 노루는 갑자기 머리를 들어 그들을 향해 고개를 돌렸습니다.

공주가 말했습니다.

"노루가 우리를 보고 있어요."

"우리를 보는 게 아니야. 냄새를 맡는 거지. 바람이 저 녀석 쪽으로 불면, 우리가 여기 있다는 걸 알아차릴 거야. 그럼, 곧바로 도망가겠지. 움직이지 마!"

누구도 이보다 더 아름다운 광경을 꿈꿀 수는 없을 겁니다. 그러나 바로 그 순간! 한 방의 총소리가 순식간에 모든 것을 바꾸어 놓았습니다. 어미 노루가 털썩! 주저앉았습니다. 아기 노루는 반사적으로 튀어 올라 숲 속으로 도망쳤습니다. 이윽고 두 밀렵꾼이 모습을 드러냈습니다. 그리고 어미 노루를 커다란 자루에 넣더니 어깨에 둘러메고 어디론가 사라졌습니다.

할아버지는 이를 악물고 신음하듯 말했습니다.

"비열한 밀렵꾼 놈들…"

잠시 후 아기 노루가 빈터로 돌아왔습니다. 그리고 조금 전 엄마와 함께 있던 자리에서 코를 대고 여기저기 냄새를 맡았습니다. 그러다가 갑자기 무슨 생각이라도 떠오른 듯이 숲 속으로 쏜살같이 달아났습니다.

공주는 온몸에 힘이 빠졌습니다. 할아버지가 먼저 일어나 아이를 일으켜 세웠습니다. 그리고 두 사람은 다시

길을 떠났습니다. 한동안 아무 말 없이 오솔길을 걷던 공주가 무거운 침묵을 깨며 할아버지에게 물었습니다.

"할아버지, 그 사람들은 왜 엄마 노루를 죽였나요?"

"돈 때문이지."

"비열한 밀렵꾼 놈들이라는 건 무슨 뜻이에요?"

"비열한 놈들? 비열하다는 말의 뜻은…"

"아니, 밀렵꾼이 뭐냐고요."

"아, 밀렵꾼! 그건… 돈을 벌려고 동물을 죽이는 나쁜 사람들을 말하는 거란다. 그 빌어먹을 돈 몇 푼 때문에, 어미 노루가 죽은 거야."

공주는 아무 말도 하지 않았습니다. 할아버지가 물었습니다.

"슬프냐?"

흐려진 눈으로 공주는 고개를 끄덕였습니다.

"흠… 나도 슬프다."

"왜 사람도, 동물도 죽어야 하죠? 죽지 않으면 모두 오래오래 행복하게 살 텐데."

"공주야. 살아 있는 모든 것은 언젠가 죽는단다. 그런데 죽음은 우리를 찾아올 때 예의 바르게 문을 두드리고 들어오지 않아. 죽음이 언제 찾아올지는 아무도 모르지. 그런데도 사람들은 마치 영원히 살 것처럼 생각하고 아무렇게나 하루하루를 살아간단다. 하지만 죽음은 우리가 태어날 때부터 우리와 함께 있어. 그러다가 어느 순간 일어나서 문을 두드리는 거지. 버릇없이!"

"그렇지만, 노루가 저렇게 죽는다는 건 말도 안 돼요. 너무 불쌍해요."

"그러게 말이다. 비열한 놈들이지."

"2050년에는 인간이 150살까지 산대요."

"그래도 변하는 것은 아무것도 없어! 인간의 삶은 죽음을 향해 시곗바늘처럼 일 초, 일 초 다가가는 거야. 똑딱, 똑딱, 똑딱…."

공주는 깊은 생각에 잠긴 듯, 아무 말도 하지 않았습니다. 할아버지는 가끔 뒤를 돌아보며 뒤처진 아이가 걸어올 때까지 기다렸습니다. 그렇게 한동안 걷던 두 사람은 잠시 휴식을 취하면서 지도를 꺼내 살펴봤습니다. 할아버지가 말했습니다.

"자, 이제 다시 출발할까?"

공주가 심드렁하게 대답했습니다.

"돌아가고 싶어요."

"뭐?"

"집으로 돌아가고 싶다고요."

"하지만 너희 집에는 아무도 없댔잖아!"

"엄마가 보고 싶어요."

"엄마는 집에 없잖아!"

"엄마가 돌아오실 때까지 집에서 기다리면 되죠."

할아버지는 억지로 공주의 손을 잡아끌었습니다. 아이는 발버둥쳤습니다.

"네가 원해서 여기 온 거잖아. 네가 오겠다고 했잖아! 아니야? 군소리 말고 어서 가자!"

공주는 할아버지의 손을 뿌리치고 달아났습니다. 할아버지는 갑자기 달아난 공주를 잡으러 뛰어갔습니다. 하지만 늙은 곰 같은 할아버지가 재빠른 토끼 같은 공주를 어떻게 따라잡을 수 있겠습니까? 필사적으로 달려온 할아버지는 아이를 막 붙잡으려는 순간, 숨을 거칠게 몰

아쉬면서 바닥에 쓰러졌습니다. 공주는 한동안 뛰어가다가 할아버지가 따라오지 않자, 걸음을 멈추고 돌아보았습니다. 그리고 할아버지가 땅에 쓰러진 것을 발견하고는 곧바로 뛰어왔습니다. 할아버지는 두 팔을 벌리고 바닥에 누운 채 일어나지 못했습니다.

"어디 다치셨어요?"

"일어나게 좀 도와 다오!"

할아버지는 가녀린 공주의 팔을 잡고 간신히 일어났습니다. 그리고 오랫동안 아이를 물끄러미 바라보았습니다. 짧은 머리카락이 이마 위에서 마구 흐트러진 공주는 몹시 반항적인 아이처럼 보였습니다.

할아버지가 물었습니다.

"정말 돌아가고 싶어?"

"네!"

"너 혼자서 어떻게 길을 찾을 거야? 난 나비를 찾으러 가야 해. 널 집에 데려다줄 수 없어."

"괜찮아요. 나 혼자 갈 수 있어요. 무조건 아래로 내려가면 되죠! 그러면 어딘가에 도착하겠죠."

"그런 다음엔?"

"지나가는 아무 차나 세워서 태워 달라고 하죠."

"좋아! 나도 널 붙잡을 생각은 없어. 가라! 잘 가라고! 뭘 꾸물대고 있어? 어서 가라는데! 자, 자, 어서 가! 어서 가라고!"

할아버지는 으름장을 놓았지만, 공주는 정말 떠나려고 했습니다. 할아버지는 아이를 붙잡아 세우고 등산 밧줄로 허리를 묶었습니다. 아이는 줄을 잡아당기며 온 산이 떠나가도록 소리를 질렀습니다.

"할아버지가 강제로 끌고 왔다고 엄마한테 이를 거야! 그러면 경찰이 할아버지를 잡아갈 거야!"

"그래, 그래! 네 맘대로 해. 그리고 또 내가 무슨 죄를 지었다고 경찰에 고발할 거냐?"

"나를 인주로 잡았다고 말할 거야!"

"아, 그래? 인주가 아니라 인질이겠지."

"나를 납치했고, 나를 차에 강제로 태웠고, 나를 지하 창고에 가뒀고, 어, 어, 그리고 돈, 돈 때문에 나를 유괴했다고 전부 말할 거야!"

"마음대로 해. 나는 경찰서에 가서 사실을 말할 거야!"

"흥! 아무도 할아버지 말을 믿지 않을걸?"

"네가 뭘 모르는구나. 어른은 어른 말만 믿는다고. 아이들 말은 믿지 않아!"

"나를 놔줘요! 집으로 돌아갈 거예요! 난 나비 따위를 잡으러 산꼭대기로 올라가진 않을 거예요!"

할아버지와 공주는 서로 허리를 묶은 채 한동안 걸어갔습니다. 공주는 할아버지가 밧줄로 허리를 묶어 끌어당기는 것이 자기를 아프게 하려는 것이 아니라는 사실을 알고 있었습니다. 한 시간쯤 걷다가 아이는 할아버지에게 밧줄을 풀어 달라고 했고, 할아버지는 아무 말 없이 풀어 주었습니다.

7. 삼 일 낮, 삼 일 밤

그날 밤, 텐트 안에서 공주가 할아버지 귀에 대고 속삭였습니다.

"할아버지, 자요?"

"응… 또 뭐냐?"

"내가 어렸을 때… 그러니까 지금보다 훨씬 더 어렸을 때 꿈을 꿨어요. 카나리아 꿈이었어요. 카나리아 아시죠? 작고 노랗고 노래를 잘 부르는 새 말예요. 예전에 엄마가 나를 위해서 카나리아를 키우셨거든요. 그런데 꿈에 그 카나리아가 나온 거예요. 내가 새장에서 카나리아를 꺼내서 창문을 열고 손을 폈어요. 그랬더니 어떻게 되었는지 아세요? 카나리아가 날아가지 않고, 내 손안에 가만히 앉아 있는 거예요. 꿈이었지만, 나는 정말 기뻤어요. 왜 기뻤는지 아세요?"

"글쎄, 왜 기뻤을까?"

"카나리아가 날아가지 않았기 때문이죠. 카나리아가 내 손에 남아 있었던 것은 나를 사랑하기 때문이었을 거예요."

다음 날 아침, 공주는 높은 언덕에 서서 산허리에 걸린 구름 아래 펼쳐진 경치를 바라보고 있었습니다. 할아버지가 아이의 등 뒤로 다가섰습니다.

"우아! 정말 아름다워요! 마치 달력에 나오는 사진 같아요!"

"세상에! 달력이라니! 달력보다 실물이 훨씬 낫지!"

아침을 먹고 나서 두 사람은 풀밭에 엎드려 활짝 핀 꽃 사이를 분주히 오가는 나비들을 관찰했습니다. 공주는 작은 손가락으로 짧은 머리카락을 비비 꼬면서 할아버지에게 물었습니다.

"지금 나비들이 뭘 하는 거죠?"

"어떤 꽃들은 사람처럼 남자와 여자가 있단다. 암꽃과 수꽃이 있는 거지. 그런데 꽃들은 움직일 수가 없잖니. 그래서…"

"꽃들은 사람처럼 만나서 사랑을 나눌 수 없다는 거잖아요."

"그렇게 말할 수도 있지. 그래서 나비들이 그 일을 대신 해주는 거야. 수꽃에서 꽃가루를 받아서 암꽃에 옮겨 주는 거지."

"택배 아저씨처럼!"

"사랑의 선물만 전해 주는 택배 기사처럼!"

할아버지는 일어서서 나비채로 나비 한 마리를 잡으려다가 그만 넘어져서 풀숲에 푹 고꾸라졌습니다. 공주는 하하하! 웃음을 터뜨렸습니다. 할아버지는 아이에게 나비채를 내밀며 말했습니다.

"자! 네가 한번 해봐. 그물망을 잘 펴고 있다가 나비가 나타나면 단숨에 낚아채야 해. 그러고 나서 바닥에 붙여 놓고 조심조심 나비를 꺼내야 해."

공주는 나비채를 흔들며 들판을 이리저리 뛰어다녔습

니다. 그러다가 갑자기 쥐를 노리는 고양이처럼 몸을 웅크리고 꽃에 앉은 나비 한 마리를 겨냥하더니 대번에 나비채로 낚아챘습니다.

"와! 한 마리 잡았어요! 내가 한 마리 잡았다고요! 한 마리 잡았어요!"

"호랑나비로구나. 정말 아름답다!"

할아버지는 공주가 건네주는 나비를 조심스럽게 받아서 허리에 차고 있던 유리병에 넣었습니다.

"이 유리병 바닥에는 사이안화칼륨에 적신 솜이 들어 있어. 나비를 고통 없이 죽게 하는 거지."

그 순간, 공주는 갑자기 적의에 찬 눈길로 할아버지를 쏘아보았습니다.

"갑자기 왜 그래? 무슨 일이야?"

"밀렵꾼!"

그들은 다시 오솔길을 걸어서 소나무 숲 가장자리에 있는 넓은 풀밭에 털썩 주저앉았습니다. 할아버지는 지도를 펼쳐보고 나더니 긴장된 목소리로 말했습니다.

"자! 드디어 도착했다. 바로 여기야!"

할아버지는 텐트를 치면서 공주에게 나비 이야기를 들려주었습니다.

"나비에는 두 종류가 있단다. 주행성 나비와 야행성 나비가 있어."

"둘이 어떻게 다른데요?"

"주행성 나비는 말 그대로 낮에 날아다니고, 야행성은 밤에 날아다니지."

"그럼, 할아버지가 찾는 나비는 주행성이에요, 야행성이에요?"

"아, 그 나비는… 조금 특별한 종류란다. 황혼성이라고 할까? 무슨 뜻이냐면 해가 질 때부터 자정까지만 날아다닌단다. 그래서 유리가 자정까지 나타나지 않으면, 그 날은 유리를 볼 수 없다는 거지."

"유리는 뭘 먹고 살아요?"

"다른 나비들과는 달라서 유리에게는 꿀을 빨아들이는 흡관이 없단다. 사람으로 말하자면 입이 없는 거야. 그러니까 아무것도 먹지 않아."

"아무것도 먹지 않고 어떻게 살 수 있어요?"

"그래서 오래 살지 못하는 거야."

"얼마 동안이나 사는데요?"

"삼 일 낮, 삼 일 밤."

"별로 길지 않네요."

"그래. 하지만 그것이 그 나비의 운명이지."

8. 유리를 데려다 주세요

해가 지고 밤이 되자, 할아버지는 두 개의 작은 관목 사이에 하얀 시트를 펼쳐서 걸어 놓았습니다. 그리고 램프를 켜서 시트 뒤에 박아 놓은 나무 기둥에 걸었습니다. 빛에 이끌린 나비들이 흰 시트로 날아오도록 함정을 만든 것이죠. 할아버지는 모닥불을 끄고 나서, 공주 곁으로 다가와 앉았습니다.

"자, 이젠 기다리는 일만 남았군."

"할아버지는 왜 그 나비를 꼭 찾아야 해요?"

"그럴 만한 사정이 있어. 넌 몰라도 돼."

"세상에 몰라도 되는 일이 어딨어요?"

"……"

"그런데 유리라는 이름, 웃기지 않아요?"

"뭐가 웃겨?"

"사람 이름 같잖아요. 내가 아주아주 잘 아는 사람의 이름도 유리거든요. 그 사람이 누군지 가르쳐 줄까요?"

"됐어! 내가 아는 유리만 해도 열 명은 넘어."

"싫으면 그만두세요. 어쨌든 유리라는 이름은 나비에게 어울리지 않아요. 누가 그런 이름을 붙였대요?"

"아, 유리라는 이름은 이 나비를 처음 발견한 곤충학자, 네 말대로 하자면 밀렵꾼이 붙인 거야. 그 사람은 석주명 박사라는 분이야. 우리나라에서 나비를 제일 많이 발견하고 이름도 붙여 주셨지. 그분이 유리를 이 지리산 부근에서 처음 발견하셨는데 날개가 유리처럼 맑고 투명해서 그런 이름을 붙이신 거야."

"우리 엄마는 내가 공주처럼 예쁜 여자가 되라고 공주라는 이름을 지어 주셨다는데, 나는 이름 때문에 친구들한테서 놀림만 받았죠. 세상에 나처럼 후진 공주가 어디 있어요? 옷도 그렇고, 얼굴도 그렇고, 머리카락도 그렇고……. 그래서 내 이름을 말할 때마다 창피하지만, 그래도 엄마가 지어준 이름이라서 그냥 만족하고 살려고 해요."

"하지만 내 눈에는 네가 공주처럼 보이는걸? 말썽꾸러기 꼬마 공주!"

"거봐요. 할아버지도 날 놀리시잖아요."

"아니, 놀리는 게 아니야. 그리고 사람은 어떤 이름으로 불리느냐에 따라 운명이 달라지기도 하지."

"운명이 뭐예요?"

"우리가 마음대로 바꿀 수 없는 것. 정해진 대로 살아야 하는 것."

"에이, 엉터리. 부르는 이름에 따라서 운명이 달라진다고 해놓고, 운명은 우리가 바꿀 수 없는 거라니, 앞뒤가 안 맞잖아요."

"뭐가 앞뒤가 안 맞아? 우리가 운명을 바꿀 수는 없지만, 이름을 짓는 것은 우리 자유니까, 운명이 달라지게 할 수 있다는 거지."

"에이, 할아버지 말은 엉터리예요."

"뭐가 엉터리야? 세상에는 이것 아니면 저것만 있는 것은 아니야. 이것이면서 동시에 저것인 것도 있어. 넌 아

직 어려서 모르겠지만, 그래서 인생이 재미있다는 거야. 포기하지 말고 한번 살아볼 만하지. 그런데 세상에는 삶을 너무 쉽게 포기해 버려서 남아 있는 사람의 마음을 아프게 하는 바보도 있어…."

할아버지는 갑자기 우울한 얼굴이 되었습니다.

"그럼, 나는 엄마가 이름을 공주라고 지어 주셨으니까, 원래는 공주가 아닌데 진짜 공주가 될 수도 있다는 말인가요?"

"물론이지."

할아버지가 말을 마친 순간, 불빛에 이끌린 나비들이 흰 시트를 향해 날아와 후드득! 하고 부딪히는 소리가 들렸습니다. 갑자기 쏟아지는 소나기가 나뭇잎을 때리는 듯한 소리가 어둠을 가르며 들려오자 공주는 깜짝 놀라 소리를 질렀습니다.

"할아버지!"

"놀랄 것 없다. 호기심 많은 꼬마 나비들이야. 유리는 저 나비들보다 훨씬 더 크단다."

공주가 목소리를 낮춰 속삭이듯 말했습니다.

"얼마나 큰데요?"

"네 손바닥만큼 크지! 그런데 왜 갑자기 말을 제대로 못 하고 속삭이는 거냐?"

"유리가 우리 말을 듣고 놀라서 나타나지 않을까 봐 그러는 거죠."

"하하! 그럴 필요 없어. 나비에게는 귀가 없거든."

"귀도 없고, 입도 없고… 유리는 괴물이에요, 외계인이에요?"

"우리와 다르게 생겼다고, 무조건 괴물 취급하는 건 옳지 않아!"

"하긴, 유리가 우리를 보고 괴물이라고 부를지도 모르겠군요."

골똘히 생각에 잠긴 듯한 공주가 할아버지에게 물었습니다.

"만약 유리가 영영 나타나지 않으면 어떡하죠?"

그날 밤 유리는 나타나지 않았습니다. 실망한 두 사람은 다음 날 만나기를 기대하며 잠자리에 들었습니다.

다음 날 할아버지는 일찍 잠에서 깨었습니다. 할아버지는 나뭇가지를 꺾어서 칼로 잘 다듬어 피리를 만들었습니다. 할아버지가 부는 피리 소리가 새들의 울음소리와 섞이며 아름다운 화음을 만들어 냈습니다. 할아버지는 오랫동안 느끼지 못했던 기쁨으로 가슴이 벅차올랐습니다. 할아버지보다 조금 늦게 일어난 자연은 이제 막 눈을 뜨고 있었습니다. 아침이슬은 나무 잎사귀마다 구슬처럼 달렸고, 산들바람은 꽃들을 어루만지며 지나갔습니다. 그리고 떠오르는 해를 맞이한 산은 계곡에 짙고 서늘한 그림자를 길게 드리웠습니다.

할아버지의 아들이 세상을 떠난 지도 벌써 6년이 지났습니다. 비행기 조종사였던 그는 세계 곳곳을 돌아다녔고, 자기 직업을 무척 자랑스럽게 생각했으며, 주위 사람들에게 늘 웃음을 주는 유쾌한 남자였습니다. 그러던 그가 어느 날 사하라 사막에서 비행기가 추락하는 뜻밖의 사고를 당했습니다. 사고의 후유증으로 몸을 자유롭게 움직일 수 없는 장애가 생겨 더는 하늘을 날 수 없게 되었습니다. 설상가상으로 병원 검진 중에 뇌에 커다란 종양까지 발견되었습니다. 절망한 아들은 블랙홀에 빠졌습니다. 다시는 헤어날 수 없는 우울증에 갇혀 버린 것이지요. 그토록 사랑했고, 결혼을 약속했던 동갑내기 연인에게조차 아들은 연락을 두절했습니다. 결혼할 나이를 놓쳐 꽉 찬 나이에 만난 두 사람은 사이도 그만큼 좋았습니다. 사랑하는 사람을 소개하겠다고 했던 아버지와의 약속도 물거품이 되어 버렸습니다.

아들은 유일한 가족인 아버지를 제외하고는 아무도 모르는 곳으로 거처를 옮겨 방에 틀어박힌 채 한 달, 두 달, 그리고 수없이 많은 날을 죽은 사람처럼 꼼짝도 하지 않고 지냈습니다.

병원에서 치료를 포기한 아들의 상태는 점점 나빠져서 뼈만 앙상하게 남은 채 지옥 같은 어둠 속에서 하루하루를 연명하고 있었습니다. 아무도 그와 소통할 수 없었습니다. 몸은 이곳에 있어도 정신은 이미 먼 곳으로 가버린 것 같았습니다.

그러던 어느 봄날, 아들은 아버지에게 나비를 잡아다

달라고 부탁했습니다. 바람처럼 가볍게 날아다니는 나비를 보면서 하늘을 마음껏 날던 과거의 자기 모습을 다시 보고 싶었던 것일까요? 아니면, 사랑을 이루지 못하고 죽은 사람의 영혼이 나비로 태어나 이 세상을 떠돈다는 오래된 속설을 믿고 자신의 미래를 보고 싶었던 것일까요? 아들은 아버지가 나비를 잡아올 때마다 늘 더 많은 나비를 보고 싶어 했습니다. 아버지는 아들을 위해 봄이 오면 나비채를 들고 산과 들을 헤매며 온갖 나비를 잡았습니다. 그렇게 모든 것이 시작되었습니다.

그러던 어느 날, 아들은 아버지에게 한 마리의 나비 사진이 들어 있는 책을 보여 주며 말했습니다.

"아버지, 제가 원하는 나비는 바로 이 녀석이에요. 이 나비를 제게 데려다 주세요!"

아들이 원하는 나비는 바로 유리였습니다. 유리는 아들이 사랑했던 연인의 이름이기도 했습니다. 그때부터 할아버지는 봄이 되면 유리를 찾아 헤맸습니다. 하지만 유리를 만나는 행운을 얻을 수는 없었습니다. 혹시, 유리는 소문대로 멸종된 것이 아닐까요?

그러던 어느 날, 허망하게도 아들은 세상을 떠났습니다. 고통받는 아들을 위해 아무것도 해줄 수 없었던 할아버지는 그 '유리'라는 나비를 잡아 아들에게 보여 주지 못한 것이 마치 큰 돌덩이 같은 후회와 죄책감으로 가슴 한 구석을 무겁게 짓눌렀습니다.

공주는 혼자 피리를 불고 있는 할아버지를 보자, 뒤에서 살금살금 다가가 깜짝 놀라게 해주려고 할아버지의 두 눈을 가렸습니다. 하지만 할아버지의 우울한 얼굴을 보자, 공주는 손을 거두고 얌전하게 할아버지 곁에 앉았습니다. 그렇게 두 사람은 한동안 아무 말 없이 앉아 있었습니다. 이윽고 할아버지는 슬픈 생각을 떨쳐 버리려는 듯 공주에게 나비의 애벌레를 찾으러 가자고 했습니다. 그리고 걸어가면서 할아버지는 공주와 함께 노래를 불렀습니다.

나비야, 나비야
이리 날아오너라.

노랑나비 흰나비

춤을 추며 오너라.

봄바람에 꽃잎도

방긋방긋 웃으며

참새도 짹짹짹

노래하며 춤춘다.

할아버지는 키 작은 관목 밑에 우산을 펼쳐 거꾸로 받치고 나무 기둥을 흔들었지만, 아무것도 떨어지지 않았습니다. 그러나 다시 한 번 세차게 나무를 흔들자, 열 마리가 넘는 노란색, 초록색 애벌레가 우수수 떨어졌습니다. 할아버지는 벌레들을 모아 빈 유리병에 넣었습니다. 공주는 놀랍기도 하고, 신기하기도 해서 눈을 동그랗게 뜨고 할아버지를 바라보았습니다.

"그 벌레들을 가지고 뭘 하실 거예요?"

"집에 가져가서 나비로 변신하는 과정을 지켜볼 거란다. 네가 원한다면 학교에 가져가서 친구들에게 보여 줘도 좋아."

"그럴 수 없어요."

"왜?"

"우리 반에 별명이 통기레쓰라는 남자아이가 있는데, 친구들 가방을 뒤져서 간식이 있으면 모두 먹어 치우거든요. 그 아이가 다 잡아먹을 거예요."

"뭐? 벌레를 먹는다고? 그리고 통기레쓰는 또 뭐냐?"

"아이 참, 통기레쓰는 쓰레기통을 거꾸로 말한 거잖아요. 그 애는 교실 어항에 있는 열대어도 다 잡아먹었어요. 찰흙이나 고무를 먹을 때도 있어요. 아마 코딱지도 먹을 걸요?"

할아버지는 큰 소리로 웃음을 터뜨렸습니다. 오랫동안 그는 이렇게 웃어본 적이 없었습니다. 공주는 웃는 할아버지를 쳐다보면서 기쁨과 놀라움을 동시에 느꼈습니다. 할아버지의 눈에서 전에 볼 수 없었던 행복의 빛이 반짝이고 있었기 때문이었죠.

9. 공주야, 너 어디 있어?

유리가 나타나는 저녁나절까지 시간을 보내야 했던 두 사람은 낮 동안 숲 속 이곳저곳을 탐험하며 돌아다녔습니다. 그런데 갑자기 서쪽 하늘이 검게 물들면서 폭우가 쏟아졌습니다. 할아버지는 공주의 손을 잡고 커다란 나무 아래로 뛰어가 비를 피했습니다.

"왜 우산을 안 가져왔죠?"

"이렇게 소나기가 쏟아질 줄 누가 알았나? 초여름에 웬 비가 이렇게 내린담?"

"멀리 갈 때는 준비를 철저히 해야지요! 당연히 우산을 가져왔어야죠!"

"아, 그러니까 너는 서울에서 출발할 때부터 지금 비가 올 것을 이미 알고 있었다는 거냐? 이 똑똑아!"

이렇게 티격태격하는 사이에 비는 점점 더 심하게 쏟아져서 두 사람은 머리에서 발끝까지 흠뻑 젖었습니다. 그러다가 운 좋게도 마침 그곳을 지나던 인근 농원의 주인을 만나 도움을 요청했습니다. 텐트로 돌아가도 이런 폭우 속에서는 어차피 밤을 지낼 수 없었으니까요. 고지대 농작물을 지배하는 농원 주인은 친절하게도 두 사람에게 빈 방을 내주었습니다. 할아버지는 농원에 있는 전화기로 서울의 아파트 관리인에게 연락할 수 있었지만, 그렇게 하지 않았습니다. 왜 그랬을까요? 그 이유는 나중에 할아버지에게 직접 물어보기로 하지요. 짐작건대, 공주가 할아버지를 자기편으로 만들었기 때문일 겁니다. 아니면, 할아버지도 공주와 단둘이 보내는 시간을 조금 더 연장하고 싶었는지도 모르죠.

그날 저녁, 농원에서는 주인아저씨의 마흔세 번째 생일을 축하하는 조촐한 파티가 열렸습니다. 공주와 나이가 동갑인 농원 주인의 아들 석홍이는 생일을 맞은 아빠에게 자기가 직접 만든 고무 새총을 선물했습니다. 공주는 아빠가 있는 석홍이가 무척 부러웠습니다. 할아버지도 아들이 살아 있었다면 농원 주인과 같은 나이였으리라는 생각이 들자, 마음 한구석으로 찬바람이 드나드는 것 같은 쓸쓸함을 느꼈습니다. 파티가 끝나고, 공주도 농원 주인의 가족도 모두 잠자리에 들었지만, 오랜만에 추억에 잠긴 할아버지는 농원 주인과 밤늦도록 이야기를 나누었습니다. 할아버지는 농원 주인에게 자신의 아픈 사연을 들려주었습니다. 아들이 얼마나 착하고, 잘생기고, 씩씩했는지, 의사들도 고칠 수 없었던 그 우울증이라는 것이 얼마나 무서운 병인지, 그리고 아들이 죽기 전에 했던 약속을 지키려고 이곳에 유리라는 종류의 나비를 찾으러 왔다는 사실까지도 들려주었죠. 낯선 집에서 혼자 잠을 이루지 못하던 공주는 할아버지를 찾아 식당으로 내려왔다가 문 뒤에서 할아버지의 이야기를 모두 듣게 되었습니다. 그리고 이상하게도 갑자기 엄마가 보고 싶어진 공주는 농원의 전화기로 몰래 엄마에게 전화를 걸었습니다.

"엄마… 나야."

전화로 딸의 목소리를 들은 엄마는 가슴이 덜컹! 내려

았는 것 같았지만, 이내 정신을 차렸습니다. 딸아이는 지금 어디서 전화하는 것일까? 딸이 사라졌다는 것을 확인한 엄마는 경찰에 신고했고, 때마침 연쇄적으로 일어나는 어린이 유괴 사건으로 신경이 곤두서 있던 경찰은 즉시 전국에 수배령을 내려 실종된 공주를 찾고 있었습니다.

"공주야! 너 지금 어디 있어? 거기가 어디야?"

그러나 공주는 엄마의 물음에 대답할 수 없었습니다. 전화기에서 딸의 목소리가 들리지 않자. 다급해진 엄마는 절규하듯 외쳤습니다.

"여보세요? 여보세요? 공주야, 내 말 들려? 대답해 어서! 공주야!"

"그럼, 화내지 않는다고 약속할 수 있어?"

"알았으니, 어서 말해. 지금 네가 있는 곳이 어디인지 알아? 거기가 어디야?"

"어떤 아저씨네 집이야."

"어떤 아저씨? 그 아저씨가 누구야? 어디에 있는 집이야?"

"모르겠어."

"거기 서울 아니지? 지금 네가 있는 도시 이름이 뭐야?"

"여기는 산속이야."

"산이야? 어느 산? 어디에 있는 산이냐고?"

"몰라."

"지금부터 엄마가 하는 말 잘 들어. 네가 어떻게 해야 하는지 알려줄 테니까."

"엄마!"

"공주야, 내 말 들리니? 여보세요! 여보세요!"

"엄마한테 할 말이 있어…."

그 순간, 농원 주인아주머니가 거실로 들어왔습니다. 공주는 황급히 전화를 끊었습니다.

10. 모두 다 너 때문이야!

다음 날 공주와 할아버지는 농장을 나와 텐트로 돌아갔습니다.

사방에 땅거미가 내리자, 할아버지는 전날처럼 흰 시트를 나뭇가지에 걸어 놓고 뒤에 램프를 켜서 유리를 유인할 준비를 마쳤습니다. 공주는 할아버지가 시킨 대로 저녁을 준비했습니다. 할아버지는 프라이팬에 달걀을 부치고 생선을 구우라고 했는데, 공주는 달걀과 생선을 프라이팬에 넣고 한꺼번에 익혔습니다. 그러자, 달걀이 생선에 달라붙은 놀라운 요리가 탄생했습니다. 공주는 신이 나서 엄마가 집에 없을 때 혼자 달걀부침을 만들고 그 위에 초콜릿 가루를 뿌려 먹는 자신만의 요리법을 할아버지에게 자랑했습니다.

"엄마는 연세가 어떻게 되시냐?"

"마흔아홉 살이오."

"뭐? 나이가 많이 드셨구나. 그런데 이제 겨우 아홉 살 난 딸이 있다니, 아주 늦게 결혼하셨구나."

"그래서 엄마가 우리 학교에 딱 한 번 오셨는데 선생님이 우리 엄마를 할머닌 줄 아셨대요. 아이들도 막 놀렸어요. 엄마가 할머니 같다고…."

공주는 달걀과 생선이 뒤죽박죽된 접시를 앞에 두고 깊은 생각에 잠겼습니다.

"사람들은 왜 '사랑에 빠진다'고 말하죠? 뭔가에 빠지는 건 좋지 않잖아요. 길을 가다가 구멍에 빠지고, 함정에 빠지고, 도박에 빠지고, 술에도 빠진다고 하잖아요. 사랑은 나쁜 건가요? 그리고 사랑하다가 남편도 없이 아이를 낳으면 그것도 나쁜 일인가요?"

"아니, 그건 절대로 그렇지 않아."

"엄마는 사랑에 빠지고 나서 아빠도 없이 나를 낳았으니까, 좋지 않은 일이 두 번 생긴 거예요."

"아니야, 그렇지 않아. 네 엄마가 사랑에 빠져서 너처

럼 소중한 아이가 태어났잖니? 그건 좋은 일이 두 번 생긴 거란다."

아이는 고개를 들어 하늘을 바라보았습니다. 그리고 외쳤습니다.

"우아! 저것 좀 보세요!"

"별똥별이구나."

"별똥별이 뭐예요?"

"하느님 머리에서 떨어진 머리카락이지."

"그런 엉터리 설명 말고, 진짜로 말해 주세요."

그 순간, 나비 한 마리가 흰 시트에 몸을 부딪치며 격렬하게 날개를 파닥였습니다. 할아버지는 자신의 두 눈을 믿을 수 없었습니다! 쿵쾅대는 가슴을 누르며 살금살금 다가가며 공주에게 말했습니다.

"유리야! 암컷이야. 오! 정말 아름답다. 이리 와! 가까이 와서 봐!"

두 사람은 나비의 커다란 투명한 날개를 경외의 시선으로 바라보았습니다. 잔뜩 긴장한 공주는 텐트 안에 있는 채집용 상자를 찾으러 갔습니다. 아! 그날 밤은 진정으로 감동과 기쁨과 웃음의 밤이 될 수 있었을 겁니다. 두 사람은 별똥별을 바라보며 함께 춤을 출 수도 있었을 겁니다. 만약 공주의 발이 시트를 고정한 밧줄에 걸리지만 않았더라면!

나뭇가지가 휘면서 시트가 날아갔고, 관성의 힘으로 다시 돌아온 나뭇가지가 램프를 쓰러뜨리면서 요동쳤습니다. 그리고 유리는 마치 손이 닿을 수 없는 곳에 있는 행복처럼 멀리 날아가 버렸습니다. 이제 다시는, 할아버지 생전에 다시는 유리를 볼 수 없을지도 모릅니다. 서울을 떠나 지금에 이르기까지 그동안 일어났던 크고 작은 사건들, 부푼 희망을 안고 기울였던 모든 노력, 두 사람이 벌였던 끈질긴 신경전, 그리고 죽은 아들과의 약속을 드디어 지키게 되었다는 기대감, 이 모든 것이 한순간에 날아가 버린 겁니다. 그 바보 같은 밧줄 때문에! 철없는 아이의 어이없는 실수 때문에! 할아버지는 정말 화가 났습니다.

"젠장! 이런 빌어먹을! 좀 조심할 수 없었나? 응? 너 같은 애에게 이런 말을 하는 내가 바보지! 이제 모든 게 끝났어. 모두 다 너 때문이야! 네가 망쳐 버렸어! 이젠 끝장이라고!"

할아버지는 화가 나서 미칠 지경이었습니다. 그토록 오랜 세월 찾아 헤매던 유리를 드디어 손에 넣을 수 있었는데… 공주는 불처럼 화를 내는 할아버지의 태도에 깜짝 놀라 겁을 집어먹고 뒤로 물러났습니다. 주체할 수 없이 눈물이 쏟아졌습니다. 공주는 울면서 멀리 떨어진 언덕 위로 달려갔습니다. 그리고 커다란 바위 위에 올라가 입을 굳게 다문 채 어둠을 바라보며 앉아 있었습니다.

한참 뒤에 마음을 진정한 할아버지는 텐트 안으로 들어가 침구를 펴고, 공주를 향해 어서 와서 자라고 소리쳤습니다. 그러나 공주는 꼼짝도 하지 않았습니다. 할아버지가 램프를 끄고, 잠들 때까지도 공주는 홀로 어둠 속에 앉아 있었습니다.

다음 날 아침, 할아버지가 잠에서 깨었을 때 공주의 침낭은 여전히 비어 있었습니다.

11. 공주를 구하라!

"공주야! 공주야! 공주야!"

할아버지는 목청이 터져라 공주의 이름을 불렀지만, 멀리 산에서 메아리만 들려올 뿐, 공주의 모습은 보이지 않았습니다. 혹시 텐트에서 조금 떨어진 곳에서 심통을 부리고 앉아 있는 건 아닐까? 할아버지는 숲 속을 돌아다니며 공주의 이름을 애타게 불렀습니다. 그러다가 문득 무서운 생각이 들면서 갑자기 초조해지기 시작했습니다. 그런데 바로 그 순간 어디선가 힘없는 공주의 목소리가 들렸습니다.

"할, 할아… 버지…"

목소리는 커다란 바위 밑에 있는 구멍에서 들려왔습니다. 허겁지겁 달려간 할아버지는 구멍 속을 들여다보며 소리쳤습니다.

"공주야, 너 거기 있어?"

"네…."

"이리 올라와 봐. 내가 손을 잡아줄 테니!"

"못 하겠어요. 여기서 올라가기에 너무 높아요."

"다친 데는 없어?"

"할아버지, 빨리 와요. 날 꺼내 줘요!"

할아버지는 어쩔 줄 몰랐습니다. 밧줄도 없었고, 다른 어떤 장비도 없었습니다. 할아버지는 어디에 구조를 요청해야 할지 생각했습니다. 그래! 농원이다! 농원으로 가자! 할아버지는 급히 오솔길을 달려 내려가 숨을 헐떡이며 농원에 도착했습니다. 그러나 농원에는 아무도 없었습니다!

할아버지는 전화로 119구조대에 연락하여 급히 와서 아이를 구해 달라고 했습니다. 그리고 공주가 갇혀 있는 구멍으로 돌아가 곧 구조대가 올 테니 조금만 참으라며 공주를 안심시켰습니다.

얼마 후 구조대와 경찰들이 도착했고, 소식을 들은 농원 주인과 아홉 살 난 아들 석홍이도 현장으로 달려왔습니다. 그다음부터는 모든 것이 빠르게 진행되었습니다. 할아버지는 그제야 자신이 유괴범으로 수배되었다는 사실을 알았습니다. 경찰은 할아버지의 손목에 쇠고랑을 채웠습니다.

현장에 작전본부가 설치되고, 기술자들이 구멍 안으로 탐조등과 카메라를 집어넣었습니다. 그들은 공주와 접촉하는 데 성공했고, 감시 모니터의 화면에 아이의 모습이 나타났습니다. 그즈음, 헬리콥터를 타고 날아온 공주의 엄마가 현장에 도착했습니다. 공주의 엄마는 헬리콥터에서 내리자마자, 할아버지를 싸늘하게 쏘아보며 달려들었습니다. 구조요원들이 분노한 엄마를 진정시키며 딸의 상태를 알려 줬습니다.

"지금 상태로 봐서 아이가 특별히 다친 곳은 없는 것 같습니다. 몇 군데 찰과상이 있는 것 같은데, 대단치 않습니다."

공주의 엄마는 구멍을 향해 소리쳤습니다.

"공주야, 엄마다! 엄마야! 엄마가 왔어!"

그제야 공주는 안심한 듯했습니다. 그러나 구조대원이 구멍 안으로 들어가서 공주를 데리고 나오기에는 입구가 너무 좁았습니다. 모두 머리를 맞대고 구조 방법을 논의했습니다. 만약, 강제로 바위의 구멍을 넓힌다면, 낙석이 아이를 다치게 할 위험이 있었습니다. 그렇다고, 밧줄을 내려보내서 공주가 매달려 올라오게 하는 방법도 위험하기는 마찬가지였습니다. 자칫 중간에 추락할 위험이 있었기 때문이죠. 그때, 농원 주인의 아들 석홍이가 나섰습니다. 몸집이 작은 아이는 몸을 밧줄로 단단히 묶고 무사히 구멍을 통과하여 안으로 내려간 다음, 공주를 벨트에 고정했습니다. 할아버지는 공주가 구출되는 광경을 제대로 보지도 못하고 경찰들에 둘러싸여 헬리콥터를 타고 서울로 압송되었습니다. 할아버지는 헬리콥터의 둥근 유리창을 통해 공주가 엄마의 품에 안기는 모습을 보고서야 안도의 한숨을 내쉬었습니다.

경찰은 할아버지의 무죄를 확인했습니다. 할아버지

의 진술은 공주의 증언으로 모두 사실임이 밝혀졌습니다. 공주가 몰래 할아버지의 자동차 트렁크에 탔던 일이며, 할아버지가 엄마에게 연락할 수 없게 휴대전화 배터리를 감춘 일 등 모든 것을 고백했던 거죠. 피로에 지친 할아버지는 넋이 나간 사람처럼 터덜터덜 걸어서 경찰서 문을 나섰습니다.

공주가 엄마와 함께 길 건너편에서 할아버지를 기다리고 있었습니다. 공주와 할아버지의 시선이 마주쳤습니다. 공주는 허락을 기다리는 눈길로 엄마를 올려다보았습니다. 엄마가 고개를 끄덕이자, 아이는 길을 가로질러 할아버지에게로 달려와 품에 안겼습니다.

공주가 근처에 있는 공원에서 농구공을 가지고 노는 동안 할아버지와 공주 엄마는 햇빛이 환하게 비치는 벤치에 앉아 오랫동안 이야기를 나누었습니다. 결혼할 나이를 훨씬 넘기고 혼자 살고 있던 공주 엄마는 우연히 동갑 나이의 한 남자를 만나 깊이 사랑했지만, 그 남자는 어느 날 갑자기 사라져 버렸고, 그녀는 공주를 임신했다는 사실조차 알릴 수 없었다고 했습니다.

할아버지는 이 가련한 여인이 혼자 아이를 낳아 기르며 얼마나 힘겹고 고단한 삶을 살아왔을지 짐작할 수 있을 것 같았습니다. 절망과 외로움 속에서 아기를 낳고 돌봐야 했던 지난 시절을 이야기하면서 공주 엄마는 뜨거운 눈물을 흘렸습니다. 할아버지는 가져 보지 못한 딸을 대하듯 공주 엄마의 등을 다독이며 위로해 주었습니다.

12. 나비, 하늘 높이 날아라!

며칠 전부터 공주는 아침마다 할아버지의 아파트를 찾아와 "오늘이에요?"라고 묻는 것이 일과가 되었습니다. 이 건물로 이사 오던 날 아침, 할아버지가 택배로 받았던 고치에서 나비가 탄생하는 광경을 절대로 놓치고 싶지 않았던 거지요.

그리고 마침내 고대하던 그날이 왔습니다. 일곱 개 가운데 하나의 고치에서 드디어 나비가 탄생하게 되었던 겁니다. 할아버지는 위층으로 올라가 공주를 데리고 내려와서 두 사람은 그 역사적인 사건이 일어날 방으로 들어가 나비의 탄생을 지켜봤습니다.

고치의 찢어진 구멍으로 구겨진 날개가 조금씩 나타났습니다. 밖으로 나오려고 엄청난 노력을 거듭한 나비는 드디어 껍데기를 뚫고 완전히 빠져나왔습니다. 그 순간, 할아버지는 자신의 눈을 의심하지 않을 수 없었습니다! 할아버지는 서랍장으로 급히 달려가 그날 택배로 배달되었던 상자를 꺼냈습니다. 뚜껑에는 '스핑크스 6 + 황혼녘 1"이라고 적혀 있었습니다. 할아버지는 공주 곁으로 다가와 흥분한 목소리로 속삭였습니다.

"공주야, 이것 좀 보렴. 우리는 이걸 찾으려고 그렇게 멀리까지 갔던 거였어. 이 녀석은 여기서 이렇게 얌전히 우리를 기다리고 있었는데…"

방금 고치를 뚫고 나온 나비는 바로 유리였습니다! 두 사람은 이 기막힌 상황에 놀라서 할 말을 잃고 멍하니 서 있었습니다. 갓 태어난 나비는 천천히 나뭇가지로 기어 올라갔습니다. 그러더니 마침내 아름다운 투명한 날개를 활짝 펼쳤습니다. 그때의 감동을 어떻게 말로 표현할 수 있을까요!

그날 밤, 할아버지와 공주는 아파트 건물 앞 공원 벤치에 앉았습니다. 할아버지 손에는 유리가 담긴 큰 상자가 들려 있었습니다. 할아버지는 세상을 떠난 아들을 생각하면서 상자의 뚜껑을 열었습니다. 상자 안에는 마치 하늘로 날아오를 준비를 하듯 날개를 활짝 편 유리가 들어 있었습니다.

"공주야, 손을 펴보렴."

할아버지가 유리를 공주의 손바닥에 올려놓았습니다. 저녁 미풍이 날개를 가볍게 흔들고 지나갔지만, 유리는 공주의 손바닥을 떠나지 않았습니다. 공주는 자리에서 일어나, 하늘을 향해 팔을 뻗으며 유리에게 말했습니다.

"자… 이제 네 마음껏 날아봐!"

공주는 생각에 잠긴 얼굴로 할아버지에게 물었습니다.

"할아버지, 유리는 어디로 날아갈까요?"

"누군가를 만나러 가겠지. 오래전부터 기다리고 있는 누군가를."

할아버지가 말을 마치자, 유리는 마치 기다리고 있었다는 듯이 날개를 팔락이며 하늘로 날아올랐습니다. 할아버지와 공주는 유리가 밤의 어둠 속으로 사라지는 모습을 오랫동안 지켜보았습니다.

"오늘 네 모습을 보니, 정말 공주가 된 것 같구나."

"할아버지가 전에 그러셨잖아요. 공주라고 이름을 지어 부르면 정말 공주가 될 수 있다고."

"그래, 내가 그랬지. 이제 너는 진짜 공주가 될 수 있을 거야."

"유리도 처음에는 징그러운 애벌레였지만, 사람들이 '유리'라고 이름을 불러 주니까, 유리처럼 맑고 투명한 나비가 된 거군요."

"그렇지."

"그럼, 우리 엄마도 맑고 투명한 사람이 되겠군요."

"뭐라고?"

"내가 할아버지에게 말해 주지 않았나요? 우리 엄마 이름도 유리라고."

"뭐?"

"우리 엄마 이름도 할아버지가 그렇게 열심히 찾아다니시던 나비 유리와 똑같아요. 이유리."

공주의 입에서 '이유리'라는 이름이 나오자, 할아버지는 마치 감전된 사람처럼 한동안 꼼짝도 하지 않았습니다. 그렇습니다. 죽은 아들이 생전에 그토록 사랑했으며 유품으로 남은 아들의 일기장에 그 사랑의 기억이 낱낱이 기록되어 있던 여인의 이름이 바로 이유리라는 것을, 할아버지는 알고 있었습니다. 오! 진정으로 신이 존재한다면, 그의 뜻은 얼마나 헤아릴 수 없이 깊은 것일까요! 놀라움으로 굳었던 얼굴이 환하게 밝아지면서 할아버지는 이제야 모든 것을 깨달았다는 듯이 흐뭇한 미소를 지으며 공주에게 말했습니다.

"그렇구나. 먼 길을 돌아오긴 했지만, 우리 모두 원하던 것을 찾았어."

나는 나비(이숲 청소년 02)

1판 1쇄 발행일 2012년 11월 10일
글 | 김미리
그림 | 전지영
펴낸이 | 임왕준
편집인 | 김문영
교정·교열 | 양은희
디자인 | 김미리
펴낸곳 | 이숲
등록 | 2008년 3월 28일 제301-2008-086호
주소 | 서울시 중구 장충동 1가 38-70(장충단로 8가길 2-1)
전화 | 2235-5580
팩스 | 6442-5581
홈페이지 | http://www.esoope.com
블로그 | http://blog.naver.com/esoope
Email | esoope@naver.com
ISBN | 978-89-94228-51-8 43810

◆ 이 책은 프랑스 영화 Le Papillon을 원작으로, 베스툰 코리아 에이전시를 통해 저작권자인 Glénat에 계약을 요청하여 재창작한 작품임을 밝힙니다.
◆ 이 도서의 국립중앙도서관 출판시도서목록(CIP)은 e-CIP홈페이지(http://www.nl.go.kr/ecip)와 국가자료공동목록시스템(http://www.nl.go.kr/kolisnet)에서 이용하실 수 있습니다.(CIP제어번호: CIP2012004793)」

정가 11,000원